22 Mai 1913

V

VENTE
Du Jeudi 22 Mai 1913
HOTEL DROUOT, SALLES Nos 9, 10 & 11 RÉUNIES
A 4 HEURES

BELLE SUITE

DE

HUIT TAPISSERIES A MÉDAILLONS

D'ÉPOQUE FIN LOUIS XV

DEUX AUTRES SUITES

Du XVIe Siècle et du temps de Louis XIV

SIX FAUTEUILS LOUIS XVI

Couverts en ancienne Tapisserie d'Aubusson

QUATORZE SIÈGES RÉGENCE

COUVERTS EN ANCIENNE TAPISSERIE AU POINT

TAPISSERIES VARIÉES — BAGUETTES D'ENCADREMENT

Provenant du Château de V*** (Haute-Loire)

COMMISSAIRE-PRISEUR
Me André COUTURIER
Successeur de M. Léon TUAL

EXPERT
M. Georges GUILLAUME

CATALOGUE

D'UNE

Belle suite de huit Tapisseries

A MÉDAILLONS

D'ÉPOQUE FIN LOUIS XV

A SUJETS, D'APRÈS BOUCHER, FRAGONARD ET HUET

AUTRE SUITE D'ÉPOQUE LOUIS XIV

Relative à la Vie et aux Guerres d'Alexandre

AUTRE SUITE DU XVIe SIÈCLE

SÉRIE DITE " A L'ÉCUREUIL "

Six Fauteuils Louis XVI, couverts d'Ancienne Tapisserie d'Aubusson

HUIT FAUTEUILS ET SIX CHAISES RÉGENCE

COUVERTS D'ANCIENNE TAPISSERIE AU POINT, A PAVOTS

TAPISSERIES VARIÉES

Panneaux, Fragments, Bordures

BAGUETTES D'ENCADREMENT EN BOIS SCULPTÉ ET DORÉ

Le tout provenant du Château de V*** (Haute-Loire)

ET DONT LA VENTE AUX ENCHÈRES PUBLIQUES AURA LIEU

HOTEL DROUOT, SALLES N°s 9, 10 & 11 RÉUNIES

LE JEUDI 22 MAI 1913

à quatre heures

COMMISSAIRE-PRISEUR

Me ANDRÉ COUTURIER

Successeur de M. Leon THAL

56, rue de la Victoire

EXPERT

M. GEORGES GUILLAUME

13, rue d'Aumale

PARIS

EXPOSITIONS PUBLIQUES

Le Mercredi 21 Mai, de deux heures à six heures

Le Jeudi 22 Mai, de deux heures à quatre heures

CONDITIONS DE LA VENTE

Elle sera faite au comptant.

Les adjudicataires paieront *dix pour cent* en sus des enchères.

Paris. — Imp. de l'Art, Ch. Berger, 41, rue de la Victoire.

HÉLIC. LÉON MAROTTE

No 1

DÉSIGNATION

Suite de huit Tapisseries

D'APRÈS

Boucher, Fragonard et Huet

Les divers sujets sont présentés dans des médaillons en réserve sur fond crème décoré d'entrelacs de feuillages, chutes et guirlandes de fleurs, nœuds de rubans, paniers et volatiles : des attributs divers sont placés à droite et à gauche sur des tablettes que supportent des motifs à rinceaux ; un ou plusieurs aigles, aux ailes ouvertes, dominent chaque composition.

1 — **La Pêche**. Trois personnages sur le bord d'un cours d'eau se livrent au plaisir de la pêche ; dans l'encadrement, un buste et des instruments de dessin, puis un faisceau de carquois, lyre et caducée, avec panier de fruits.

Haut., 2 m. 83 cent. ; larg., 2 m. 20 cent.

2 — **La Chasse**. Un chasseur tenant une perdrix s'avance vers une jeune femme assise, sur les genoux de qui est un chien ; un autre chien à leurs pieds flaire le gibier ; dans l'encadrement, des paniers fleuris.

Haut., 2 m. 75 cent.: larg., 1 m. 80 cent.

3 — **Le Colin-Maillard**. Un jeune garçon lutine une bergère qui marche à tâtons, les yeux bandés, pendant que deux bambins tombent devant eux parmi des fleurs : l'encadrement est orné d'attributs variés, tels que houlette, biniou, baril, faucille, etc.

Haut., 2 m. 90 cent : larg., 3 m. 18 cent.

4 — **La Balançoire**. Un berger et deux petits espiègles pèsent de tout leur poids d'un côté de la balançoire qui enlève une fillette effrayée et se cramponnant aux branches d'un arbre voisin ; dans l'encadrement, des attributs de la Guerre et de la Musique.

Haut., 2 m. 80 cent : larg., 2 m. 70 cent.

5 — **Les Musiciens**. Une femme portant une guitare et un jeune violoneux passent sur la route ; l'encadrement présente des paniers fleuris.

Haut., 2 m. 80 cent.: larg., 1 m. 47 cent.

6 — **Pastorale**. Un garçon pique un bouquet dans les cheveux d'une jeune fille assise sur un banc, près d'un mouton ; l'encadrement présente des corbeilles chargées de fleurs.

Haut., 2 m. 90 cent.: larg., 1 m. 80 cent.

N° 3

7 — **Idylle**. Un jeune seigneur en habit jaune enlace une femme assise sous un arbre ; à terre, un chapeau empli de roses.

Haut., 2 m. 85 cent.; larg., 1 m. 75 cent.

8 — **Sujet galant**. Un galant est aux pieds d'une jeune femme appuyée contre une suivante, qui tient un agneau par un ruban bleu ; l'encadrement est décoré à gauche d'un nid de colombes et à droite d'instruments de jardinage.

Haut., 2 m. 75 cent : larg., 2 m. 14 cent.

Remarquable série d'un point fin et soyeux et d'une très belle conservation. Aubusson, fin de l'époque Louis XV.

Suite de onze Tapisseries

OU PANNEAUX

SUR

La Vie et les Guerres d'Alexandre

9 — Alexandre domptant Bucéphale.

Haut., 2 m. 75 cent.; larg., 1 m. 90 cent.

10 — Épisode de la bataille du Granique.

Haut., 2 m. 80 cent.; larg., 2 m. 65 cent.

11 — Passage du Granique et victoire d'Alexandre sur Memnon.

Haut., 2 m. 80 cent.; larg., 6 m. 50 cent.

12 — La Tente de Darius.

Haut., 2 m. 80 cent.; larg., 2 m. 90 cent.

13 — Épisode de la bataille d'Arbelles.

Haut., 2 m. 80 cent.; larg., 2 m. 50 cent.

14 — Entrée triomphale d'Alexandre dans Babylone.

Haut., 2 m. 70 cent.; larg., 6 m. 40 cent.

15 — Scène allégorique montrant la supériorité de Darius, avant la guerre d'Alexandre contre les Perses.

Haut., 2 m. 80 cent.; larg., 1 m. 90 cent.

N° 14

16 — Alexandre tient le globe dans sa main : Allusion à la toute-puissance du monarque après ses victoires sur les Perses.

Haut., 2 m. 80 cent.; larg., 1 m. 85 cent.

17 — La Colonne tronquée : Symbole relatif à la vie d'Alexandre, tranchée prématurément.

Haut., 2 m. 80 cent.; larg , 1 m. 25 cent.

18 — Alexandre couronné de lauriers.

Haut., 2 m. 70 cent.; larg., 60 cent.

19 — Le Camp d'Alexandre.

Haut., 2 m. 80 cent.; larg., 50 cent.

Ces tapisseries, d'un coloris intense et lumineux, exécutées d'après les cartons d'Yvart, René-Antoine Houasse, Licherie et Testelin, sous l'inspiration des tableaux de Le Brun, sont bordées d'encadrements à vases fleuris, trophées de drapeaux, de trompettes, de sabres, de canons et attributs guerriers et dominées d'écussons armoriés. La plupart d'entre elles portent la marque de la manufacture royale d'Aubusson avec la signature : *A. Grelet*, et certaines ont encore le plomb de fabrication. Époque Louis XIV.

20 — Dessus de porte pouvant faire partie de la suite précédente et présentant des bergers gardant leurs troupeaux dans un paysage, avec constructions.

Haut., 1 m. 15 cent.; larg., 1 m. 20 cent.

21 — Lot de bordures à attributs, ayant encadré des panneaux de la suite des batailles d'Alexandre.

Suite de sept Tapisseries

De la Série dite « à l'Écureuil »

22 — Monstre ailé fonçant sur un cerf.

Haut., 3 m. 10 cent.; larg., 2 m. 55 cent.

23 — Taureau, âne et léopard.

Haut., 3 mètres; larg., 2 m. 25 cent.

24 — Lion dévorant une gazelle.

Haut., 3 m. 10 cent.; larg., 1 m. 95 cent.

25 — Panthère se jetant sur un troupeau de bœufs.

Haut., 3 mètres; larg., 2 m. 45 cent.

26 — Combat de chiens.

Haut., 3 m. 10 cent.; larg., 2 mètres.

27 — Animaux divers.

Haut., 3 m. 10 cent.; larg., 95 cent.

28 — Ermite priant à l'entrée d'une grotte.

Haut., 3 m. 05 cent.; larg., 2 m. 25 cent.

Tous ces sujets sont figurés dans un enchevêtrement de larges feuilles où se meuvent des lapins, des renards, des oiseaux et des animaux fantastiques; les encadrements présentent principalement des écureuils dans des chutes à rinceaux de fruits sur fond marron. Flandres, XVIe siècle.

N° 25

TAPISSERIES DIVERSES

29 — TAPISSERIE présentant la légende de Pâris : les trois déesses, dans des chars traînés par des chevaux, des cygnes et des paons, descendent des nuées vers le jeune berger endormi. Encadrement à réserves, en médaillons, de paysages sur fond marron à rinceaux et feuillage. Aubusson, commencement du XVIIe siècle.

Haut., 3 m. 15 cent.; larg., 3 m. 60 cent.

30 — FRAGMENT DE TAPISSERIE : sujet tiré de l'Histoire de Cléopâtre ; bordure sur trois côtés, présentant des fleurs sur fond noir et double encadrement à rinceaux jaunes. Aubusson, XVIIe siècle.

Haut., 3 m. 10 cent.; larg., 1 m. 70 cent.

31 — PORTIÈRE présentant un oiseau perché au-dessus d'un cours d'eau qui coule parmi des plantes grasses ; des constructions décorent l'arrière-plan ; bordure à rinceaux de feuillage sur trois côtés. Felletin, XVIIIe siècle.

Haut., 2 m. 80 cent.; larg., 85 cent.

32 — FRAGMENT DE TAPISSERIE présentant des cavaliers prêts à partir pour une chasse à courre ; bordure en haut et en bas à fleurs sur fond jaune. Époque Renaissance.

Haut., 3 m. 70 cent.; larg., 95 cent.

33 — DEUX FRAGMENTS DE TAPISSERIES-VERDURES d'Aubusson.

SIÈGES

BAGUETTES D'ENCADREMENT

34 — Six FAUTEUILS en bois laqué blanc à dossiers mouvementés, bras et pieds à cannelures, avec rosaces aux angles de la ceinture. Ils sont couverts d'ancienne tapisserie d'Aubusson présentant, dans des médaillons réservés sur fond crème à fleurs et rubans, des oiseaux aux dossiers et des animaux divers aux sièges. Époque Louis XVI.

35 — Huit FAUTEUILS et six chaises en bois naturel sculpté, à coquilles, rocailles et feuillage, munis de bras moulurés et posant sur pieds cambrés. Ils sont couverts d'ancienne tapisserie au point à pavots et larges rameaux verts et bleus, sur fond jaune. Époque Régence.

36 — Environ 75 mètres de BAGUETTE en bois sculpté et doré, d'époque Louis XVI, à moulures et rangs de perles, ayant encadré les tapisseries à médaillons. (Série de 1 à 8.)

37 — Objets omis.

N° 34

N° 35

www.ingramcontent.com/pod-product-compliance
Ingram Content Group UK Ltd.
Pitfield, Milton Keynes, MK11 3LW, UK
UKHW021041180726
13838UKWH00004B/1948